외로움과 그리움은 만나야 한다

소통과 힐링의 시 14

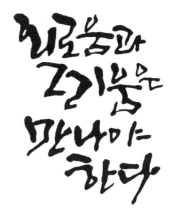

문영 시집

출판이안

소통과 힐링의 시 14

외로움과 그리움은 만나야 한다

초 판 인 쇄 | 2019년 10월 22일
초 판 발 행 | 2019년 10월 25일

지 은 이 | 문 영

펴 낸 곳 | 출판이안

펴 낸 이 | 이인환
등 록 | 2010년 제2010-4호
편 집 | 애듀커뮤니케이션
캘리그라피 | 유지태
주 소 | 경기도 이천시 호법면 단천리 414-6
전 화 | 010-2538-8468
인 쇄 | 서울문화
이 메 일 | yakyeo@hanmail.net

ISBN : 979-11-85772-67-7(03810)

「이 도서의 국립중앙도서관 출판예정도서목록(CIP)은 서지정보유
통지원시스템 홈페이지(http://www.seoji.nl.go.kr)와 국가자료
공동목록시스템(http://www.nl.go.kr/kolisnet)에서 이용하실
수 있습니다.(CIP제어번호 : CIP2019040707)」

값 11,500원

시를 쓰는 날은 ✽

숙명이기에

어둠은 벗겨 내고
슬픔은 승화되어

푸른 달빛 머금은 채
밝은 태양 기다리며

난 오늘도 아름다운
시인의 길 떠나본다 ✽

1 다시 밝아 온 햇살 아래 해맑아진 너의 얼굴

2 | 그리움이 목까지 차올라
보고픔이 차고도 넘쳐

3 | 모른 척하기엔 잊은 척하기엔
제 사랑이 진달래처럼 붉었기에

4 | 내가 내려가면
당신이 솟구치는 것을

5 | 높게 올라가면 뭐하나
낮은 곳으로 돌아오는데

■제목과 끝에 ✽로 표기한 것은 여운을 남기는
시적 표현임을 일러 둡니다.

1

다시
밝아 온
햇살 아래
해맑아진
너의 얼굴

코스모스 *

너도
나처럼 말랐구나

솔직히

너나 나나 이토록 휘청대고 싶었겠는가
이만큼 비틀거리고 싶었겠는가

세상은 자꾸 물결치는데
시련은 계속 파도치는데

슬픔은 자꾸 토해내야 하는데
아픔은 살로 가지 않는데
하늘하늘 우리 몸매 앙상할 수밖에는

그럼에도

우리 흩날리진 말자
꺾여 무릎 꿇진 말자

햇빛 쏟아지는 날 그리워하다 보면
풍요로운 나라 기다리다 보면

너의 눈 꼭 빼닮은 별 같은 날!
우리 앞에 반짝거리며 다가올 테니✽

외로움과 그리움은 만나야 한다 *

독한 것만이 커피가 아니듯
격한 것만이 사랑은 아니겠지

기나긴 세월
너만을 향한 나의 애모(愛慕)를
어찌 6개의 혈액형으로 분류하고
8개의 사상체질로 나누고
12간지로 논할 수 있단 말인가

파도가 치려면
이슬이 모여 풀잎에 맺혀 곱이 되야 하고
강물이 되어 바다로 흘러 겁이 되야 하듯

너와 난 태초에 은하수처럼 흩어졌다
해후한 시리우스 같은 별이었는지도 모를 일

제발 만나야 할 사람은 만나기로 하고
부디 잊혀져야 할 사람은 잊기로 하자

첫눈에 반한 사랑만이 사랑이라 믿기엔
너는 늘 외로워 했고
나는 늘 그리워 했고
우린 늘 기다리기만 했으니

이젠 너를 안았으면 좋겠다
이젠 너를 만졌으면 좋겠다
이젠 너와 울었으면 좋겠다

나 너를 사랑하기에 ✽

못 *

내가 극심한 두통에 시달린다 해도
내가 불꽃이 일 정도로 열이 심하다 해도

나로 인해 당신 삶의 무게를 나눠 가질 수만 있다면
나를 통해 당신 마음의 화를 다스릴 수만 있다면

나 언제든 당신 위해 허리 꼿꼿이 펴고
그 두드림의 고통을 견디리라
그 울림의 진폭을 참아내리라

하물며 당신의 어이없는 변덕으로
내 머리가 다시 뽑히우고
그 구멍 난 가슴에 거센 비바람이 스며들어도

나 당신 원망하지 않으리라
나 당신 밀쳐내지 않으리라

나의 지순한 심장을 관통한 당신은
내가 벽처럼 단단히 사랑한 당신은

절대 〈못〉난 사람이면 안 되기에!
절대 〈못〉난 사람일 수 없기에! *

그대만의 민들레꽃✽

문 주변을 둘러싸고 흐드러지게 피어서
그 이름 민들레 꽃이라면

저는 반드시 그대의 민들레꽃입니다

밟아도 밟아도 일어나 피어난다 해서
그 이름 민들레꽃이라면

저는 당연히 그대의 민들레꽃입니다

차마 당신 얼굴 우러르지 못하여
평생을 앉은뱅이로 사는 꽃
백 번을 버림받았어도
한 번도 꺾이지 않고 다시 그대 곁에 가는 꽃

잊혀질까 무서워 한 번도 죽어 본 적 없는 저는
그대 곁에서만 피는 행복한 민들레꽃이옵니다✽

분수를 알다＊

화려하게 솟구치면 뭐하나
사방팔방 흩어지는데

높게 올라가면 뭐하나
낮은 곳으로 돌아오는데

몸부림 쳐도 하늘에 닿지 않으니
흘러갈 때 아름다운 것이 물이거늘

우리네 인생과 닮아 있거늘＊

첫눈만이 눈은 아님을*

사람들은 왜 겨울의 첫눈만을
기다리며 설레고 기억하는 것일까?

올겨울에 내린 두 번째 눈
혹은 마지막 눈은
왜 무심히 잊어버리는 것일까

첫사랑을 못잊어 슬퍼하는 그녀 앞에서
난 소리치고 싶었다

난 비록 그대에게 내린 첫눈은 아니었으나

가슴이 쏟아져 내리듯
심장이 무너져 내리듯
눈물이 하염없이 흘러내리듯

그렇게 그대 등 뒤에서
아프게 내리고 사라져 버린

그대 마음에 미처 사랑으로 쌓이진 못한
지난 겨울날의 마지막 눈꽃이었다고!*

시한수 정한수✽

정한수 한 잔 떠먹이는 마음으로
나 시 한 수 짓는다면
그대 미소 되찾으려나

사막을 걷는 삶을 사는 그대
오아시스를 만나게 하는 맘으로
나 시 한편 바친다면
그대 깊은 잠 주무시려나

헛된 내일을 살지 말고
알찬 오늘을 살아내자 담아낸
나의 시 한 수로

잠시라도
그대 세상사 시름
씻어낼 수 있으려나✽

이 시를 용서 바랍니다*

제가 아는 세상의 모든 신들에게
부탁하노니
그 사람 벌 주세요

누군가를 다시는 사랑 못하도록
그리움이란 벌 주세요

유성이 떨어지면
소원 들어주신다 하셨죠

하늘의 별에게 달에게 부탁하노니
그 사람 잊게 해 주세요

아무 의미 없던 사람을
미치도록 사랑했던 제게도

다시는 사랑을 할 수 없도록
외로움이란 벌 주세요*

갈대*

헤어짐 닮은 가을 햇빛에
날 말려 죽일 생각이라면
그렇게 하세요

허나 기억하시길!

가냘퍼도
바람에 흔들리기만 했을 뿐

쉽사리 죽은 적 없고
어이없이 뽑힌 적 없고
허무하게 꺾인 적 없음을

그대 향한 내 사랑도
위와 같음을*

삶의 안부 ✳

오랫만에 당신과 만나게 되면
죽고 싶다는 말을
커피보다 먼저 꺼내고 싶었다
살려달라고 주문하고 싶었는데,

웃음을 지었다
아무일 없다고
일이 잘되고 있다고
괜찮다고
씩씩하게 말했다

삶이란 그런 것인가

돌아오는 길목
안심과 후회가 5:5로 섞인
눈물이 흘렀지만

나는 하루라는 긴 四季,
또는 내일이라는 먼 희망을
잘 약속해낸 것이겠지

당신도 나때문에 잠 못드는 밤,
이젠 없겠지 ✳

홍옥아 *

내가 탐낸 것이
너의 빨간 육체만은 아니기를

청명한 하늘 아래 맑은 이슬 머금고
희망의 나뭇가지 간절히 매달려 있을 때부터
만유인력 따윈 상관없는 당김이 있었다

날카로우나 수줍게 스스로를 깎아내리면서
너와 나를 위한 조각으로 쪼개지던 순간
나를 응시하던 향기로운 눈동자여

너의 진한 사랑이 오감의 즙으로 흘러내려
척박했던 내 몸을 적셔가고 채워 갈 때쯤에서야
붉은 너의 이름 기억했네

오랜 시간 보석처럼 빛나는 품종이라 하여
그대 이름
〈홍옥紅玉〉이라 불리웠음을 *

봉숭아 유감✽

손톱에 물든 봉숭아
예쁘다 말하지 마라

내마음 빨갛게 물들어버린
이 사랑을 아신다면

그댄 온통 봉숭아 꽃밭인가
그대 가슴에만 머물다 나오면

나는야 그리움이란
빨간 낙관을 찍고 나오네✽

나만의 Rose여*

나만의 Rose여

내 심장보다 더 빨간 그댈 안고
내 피보다 더 붉은 그댈 안고
우리가 잉태됐던 그곳으로 돌아가리라

태양보다 더 뜨거운 그댈 사랑하는 일이
이렇게 내 가슴 태워버리는 원죄인 줄 알았다면
어찌 그댈 품을 수 있었으랴
어찌 그대 가시에 내 영혼을 던질 수 있었으랴

마침내 꺾여버리는 지천에 흐드러진 꽃인 줄 알았다면
그토록 화려하게 피어나진 않았으리
허무하게 저물어버리는 배신의 석양인 줄 알았다면
그토록 이 악물고 솟구치진 않았으리

사랑은 영원하지 않기에
이별은 날카로운 키스이기에
오로지 그 향기를 흠뻑 받아들였을 뿐
오로지 그 컬러에 내 눈을 멀게 했을 뿐
그댈 원망하지도 내 사랑 후회하지도 않는 까닭은!

그대 뛰는 심장이 늘 두근대는 내 심장
눈 감아도 잊히지 않을 화형의 그 자태
유혹의 이름으로 내 곁에서만 찬란했기 때문이리라✽

그대만 내곁에 있어준다면*

그대를 놓치지 않기 위해
세상의 모든 神을 믿어보기로 했다

흐르는 강물
뒹구는 낙엽
스치는 바람에게도
엎드려 속죄하기로 했다

위대함에도
사소함에도
정성을 다하면
그대 내곁에 머물리라 믿었기에

가을처럼 떠나버린 그대에게
여린 내가슴이 묻는다

천년을 거슬러 올라가 그대 기다리면
이름모를 누군가에게 내 영혼 팔아버리면
우리 사랑 이대로 간직되려나

그대 돌아온다 약속해 준다면
다시 겨울이 와도 물러섬 없는 나무로 살아
그 비 다 맞으리라
다시 추위가 와도 흔들림 없는 바위로 버텨
그 눈 다 품으리라

그대만 내곁에 있어준다면 ✽

2

그리움이
목까지 차올라
보고픔이
차고도 넘쳐

나 아파요 ✳

어떻게 해요 나 아파요

매서운 바람 앞에 방치된 탓인지
~~차가운 당신 심장 위를 헤맨 탓인지~~

당신에게 버려진 날도
이토록 아프진 않았는데
살갗이 타는 듯한 불길 속에 천정만 보고 있네요

떠날 때 차마 전하지 못한
잘 가라는 말 사랑했었단 말이
오늘 따라 주사바늘 되어 후회처럼 온몸을 찌르고

당신과 헤어지던 날 난 몇 번이고 돌아봤는데
한 번도 휘청이지 않고 걸어가는 당신 뒷모습이
오늘 따라 용서가 되질 않네요

착하게 기다리고 있으면
돌아온다고 했잖아요
소리도 낼 수 없는 비명을 삼켜댔더니
내 가슴은 이미 돌아올 수 없는 바다

그래도 이게 당신을 끝까지 잡지 못한 벌이라면
나 이제 그만 벌 받고 싶네요

뼈 속까지 흐르는 고독의 전류로
불도 켤 수 없는 밤
술 취하고 싶은 밤

허나 약에 취해 쓰러져 잠드는
혼자만의 억울한 밤입니다 ✻

사랑댐 *

더 이상 가둬둘 수 없어요
더 이상 참아낼 수 없어요

그리움이 목까지 차올라
보고픔이 차고도 넘쳐

벅찬 내 마음
빗장 열어 조금씩
당신 마음가로 흘려보냅니다

이제 당신이 젖지 않으면
내 눈물 마를 날이 없기에

이제 당신이 바다 되지 않으면
내 사랑 그렇게 담아둘 수 없기에 *

종이꽃 ✽

그대 귓가에
얼마나 더 바스락 거려야
내 마음 알아줄까요

그대 눈가에
얼마나 더 찬란하게 피어나야
내 사랑 받아줄까요

진짜 향을 내고 있음에도
아무도 믿어주지 않는 내 이름 때문에
여름을 기다리지 못하고 봄에만 피는 꽃

진짜 피어나고 있음에도
누구나 의심하는 내 이름 때문에
날마다 눈물 떨구지 않으면 시들고 마는 꽃

항상 곁에 두겠다는 이유로
나를 말려 죽일 생각은 말아요

찰나를 살더라도 그대 가슴에는
오직 눈부신 꽃으로 남고 싶기에

종이꽃이라 불리는 나의 꽃말은
〈영원히 기억하라〉임을 잊지 마소서 ✽

평생 그대에게 빚만 졌네요*

이젠
당신이 행복했으면 좋겠다는 말에
가슴이 먹먹

이젠
당신이 좋은 사람 만났으면 좋겠다는 말에
눈물이 왈칵

평생 이파리만 보는 느낌이었겠어요
누구나 사는 일생
저만 그렇게나 흔들렸으니

평생 파도만 보는 느낌이었겠어요
한 번만 사는 인생
저만 휩쓸리며 지내왔으니

늦더라도 돌아가면
늙어서도 찾아가면
받아주세요

어떠한 순간에도
내겐 위로였으며
어떠한 찰나에도
내겐 격려였던 그대에게

이제라도 드릴 건
목숨같이 질긴
이 사랑뿐입니다 ✽

나는 봄비 그댄 봄꽃*

남쪽 방향에서 불어오는
바람의 깊은 뜻을 알아야만
그댈 만날 수 있다면
그 비람 한 줌 잡아 마셔보겠습니다

오직 바다 향해 흐르는
강물의 깊은 뜻을 알아야만
그댈 사랑할 수 있다면
그 물결의 도도함에 젖어보겠습니다

언젠가 다시 오리라 그대 위해 비워둔 내 심장에
미치도록 그리운 봄이 찾아왔기에

나비의 시샘 따위가 내 몸을 다 찢어놔도
떨어진 보고픔이란 조각 하나는
오롯이 그대만을 향해 걸어갈 뿐입니다

내 눈물 더 필요하다면 찬란한 봄비 되어
내 슬픔 더 필요하다면
눈부신 이슬 되어 그대 몸짓 더욱 화려하게 할게요

난 언제나 그대 그림자에 스며들던 빗물
그댄 내 가슴 속에 아무도 모르게 싹트던 꽃이었으니

나 이대로 흘러가고 그댄 피어난다면
그것으로 그것만으로 나 행복합니다 ❋

그날 보았던 배*

어디로 떠나려 했던 것일까
이대로 머물려 했던 것일까

이젠 아무 이름으로도 불리지 않는
아니 이름조차 빼앗긴 채

물려줄 유산도 없이
남아준 승객도 없이

드넓은 늪에 묻혀
긴 휴가를 보내고 있는 이여

오도 가도 못하도록 깊게 쌓인 정은
세상사 닻으로 내려두고

떠나버린 임을 찾아
멀어져간 꿈을 찾아

다시 돛을 올려주면 안 되겠는가
사자 눈물 그 뱃고동
다시 울려주면 안 되겠는가

머물 때보다
떠남을 향할 때 더 아름다운 이여*

위대한 고등어 ✳

또 저녁을 건너 뛸까 봐
돌아서 가는 길
고등어 한 마리 쥐어주던 당신

비린내 나는 살집을 매만지며
고등어를 골라주던 그 손길에
하릴없이 마음이 베어지고

고등어 가시처럼 예리한 사랑 앞에
속절없이 가슴이 찔리고 말았네

끼니 거르는 나보다
고등어 껍질보다 더 까맣게 타버린 것은
어쩌면 당신 세월 아니었을까

고등어 한 마리 먹는 내내
소금보다 진한 눈물이 흘러내렸지만

나의 저녁 식사는
그 어느 때보다 살이 오르고 벅차고

또한
풍요로웠네 ✳

아버지가 있었더라구요 *

제게도
아버지가 있었네요

그동안 엄마 이야기만 했었는데
엄마 이야기로만 시를 채웠었는데
제게도 아버지가 있었답니다

얼굴도 향기도 추억도 제게 그 무엇 하나
남기지 않고 떠나신 밉고 미운 분이었지만
그분도 나를 좋아했겠지요
사랑했다 들었습니다

당신도 아프다 돌아가셨다지요
오래 사셨다면 훌쩍 커버린 나와
쇠주 한잔 하고 싶으셨을 텐데
어느덧 아이 아빠가 되버린 나와
밤새워 이야기꽃 피우고 싶으셨을 텐데

어찌 이리도 제겐 고독만이 넘치는지요
어찌 액자로만 늘 두 분을 만나야 하는 운명인지요
이 순간 당신이 그리운 건
오늘 삶의 무게가 많이 버거웠거나
마음의 헛헛함이 불쑥 커져 버린 탓이겠지요

계셨다면 나눌 것은 없고 드릴 것은 없었어도
함께 있다는 이유만으로도
산이 되고 바위가 되셨을 이
깃발이 되고 우산이 되셨을 이여
나 태어나 한 번도 안아드리지 못한 당신!

오늘 따라 아버지 당신 얼굴 한 번 만져 보고 싶네요 ✽

늙지 않는 아빠*

예쁜 딸아
나 어떻게든 늙지 않는 아빠가 될게

흐르는 세월 막을 순 없지만
늘어나는 흰머리는 세련된 모자로

흐려지는 시력은 센스있는 선글라스로
늘 가꾸고 다듬어

함께 거리를 누벼도 부끄럽지 않은
멋쟁이 아빠로 남고 싶구나

고운 딸아
나 어떻게든 늙지 않겠다고 약속할게

돌고 있는 시간 멈출 순 없지만
깊어지는 주름은 컬러풀한 코트 깃으로

느려지는 걸음은 화려한 무늬 신사화로
늘 가꾸고 다듬어

너의 친구들 앞에서도 자랑스러운
아름다운 아빠로 남고 싶구나

사랑하는 딸아
어느 날 하늘이 먼저 나를 데려가는 날

그 어떤 사람보다 이야기가 잘 통했던
그 누구보다 영혼이 젊었던 아빠로
나 기억해 준다면 아빠 웃으며 갈 수 있겠구나✳

그 곳에도 눈이 오나요*

엄마 당신이 계신 그곳
그곳에도 눈이 오나요

당신이 평생 흘린 눈물만큼이나
눈이 펑펑 내린 오늘
당신 없는 생일상 앞에서
미역국을 끓였습니다

당신이 온 힘을 다해 낳은 아들은
넋이 다 빠진 듯
질긴 보고픔의 되새김질만 해댈 뿐
통곡조차 흐느낌으로 호흡하는
변방의 어린 소년으로 돌아가 버렸네요

캐롤송으로 파티를 해드리던
당신의 마지막 생일날
온기조차 점점 사라져가는 당신 면전에서
나만 기막혀 쓸쓸히 웃고 있었던 그때

그때라도 사랑한다고 말했어야 했음을
그때라도 잘 가시라고 외쳤어야 했음을
감추고 미루기엔 시간이 너무 없었음을
어리석도록 외면했던 자식
이제서야 진저리치듯 혼절하고 있네요

고기를 너무 크게 썰었는지
미역국조차 목에 넘어가질 않는 오늘
사진으로만 당신을 볼 수밖에 없는
눈 꼭 감아야만 당신을 볼 수밖에 없는 오늘
어느덧 눈은 그리움의 태산을 쌓았는데

엄마 당신이 계신 그 곳
그곳에도 이승의 치열했던 사연만큼
그렇게 눈은 나리고 쌓이고 있나요 ❋

납골당에 모시다＊

당신의 일생을 태웠는데도
당신의 사랑과 정성을 다 태웠는데도
한 줌도 안 되는 재로
내 손에 쥐어진 당신

이 한 줌의 재를
강물에 흩어뿌려야 하는지
바람에 날려보내야 하는지
가슴에 묻어버려야 하는지
모친 뜻만큼 하얗게 쏟아지는
눈물을 부여잡고 한참을 망설였네

햇볕 화사한 땅에는
도저히 쉴 곳을 구할 수 없어
조그만 달항아리로 모신 당신
평생을 작은 방에 사셨는데
꽃가루 되셔도 결국은
한 치 앞도 안 보이는 세상에 갇히고 말았네

이런 놈도 자식이라고
이런 놈도 아들이라고
어찌 일생을 애지중지 눈 속에 품으셨을꼬

바람 앞에 맹세하건데
하늘에게 약속하건데
드넓은 땅 푸르른 곳에
당신을 모셔 이사 오는 날

그때 나를 용서하소서
그날이라도 나를 꼭 안아주소서✽

누이의 양념 게장*

생각해 보니
오랜 시간 떨어져 살았네

겪어 본 사람은 안다는 그 치열한 삶의 전쟁
왜 생이별을 해야 하는지 말해주는 이 없고
가난이 고통인지도 가늠하지 못한 채
아수라 연옥에서 용케 살아 남은 누이와 나

십수 년 만에 날 위해 준비했다는 양념 게장으로
평생 웅크려만 있던 남매가 해후했네

함께 버무려진 것은 지난날에 대한 회한,
함께 섞여진 것은 보고팠음에 대한 아쉬움이겠지

그래서일까 피보다 진한 정성과
원망을 넘어 선 손길로 담아낸 게장은
아무리 배불리 먹어도 질리지 않네

헤어져 살아 온 기억보다
함께 살아 갈 추억이 많이 남았다고 믿기에

고마움으로 녹여내고
눈물로 삼켜 먹는 누이의 양념 게장은

오늘도
맵고 진하면서 또한 달기만 하네✽

두 눈 꼭 감고 *

별안간 이민을 갈 수도
갑자기 외딴 섬으로 갈 수도
낼모레 천국으로 떠날 수도 없으니

그대 잊으라, 강요 마세요
나를 떠나라, 명령 마세요

바람이 어디서 불어오는지 몰랐던 것처럼
구름이 어디로 흘러가는지 몰랐던 것처럼
내 사랑이 언제 싹 틔웠는지 궁금해 말아요

늦게라도 타오른 사랑의 불길
피어오르다 지쳐 쓰러질때까지
두눈 꼭 감고 기다려줘요

그대 이름 부르다 목이 쉬고
끝내 펄펄 앓고 일어설때까지
무심한척 기다려줘요

다시 또 가을, 우린 만났고
사랑은 지금
내가 하는 거니까 *

마지막 식사*

그날이
당신과의 마지막 식사인 줄 알았다면
다 먹고 나올 걸 그랬습니다

눈물이 앞을 가려
이별이 숨에 막혀
끝내 삼키지 못한 쌓인 정

그날이
당신이 마지막으로 차려주는 저녁인 줄 알았기에

계란처럼 터져버린 오열
찌개보다 뜨겁던 흐느낌
물 없이 우겨넣던 막막함

차마 고개 들지 못했어도
잘 먹었단 말 전했어야 했는데
한 번쯤 안아주었어야 했는데

미칠 것 같은 후회의 되새김질로
평생을 뒤척여도 소화시키지 못한

오래 삭힌 김치같이 찢어낼 수 없는
당신 향한 내 사랑아*

3

모른 척하기엔
잊은 척하기엔
제 사랑이
진달래처럼
붉었기에

가능한 일인지 물어봅니다*

봄이라 하니 문득 그대가
잘 지내고 있는지 궁금해졌습니다

나 없이도 잘 먹고 잘 자는지
정말 그 점이 궁금했습니다

아니 그게 가능한지
묻고 싶었습니다

인연이 아니라면
이연(異然)이라도 있을 텐데
어느 곳에서 그대 소식을 물어야 하는지
어린 아지랑이마냥 그것조차 모르겠습니다

모른 척하기엔 잊은 척하기엔
제 사랑이 진달래처럼 붉었기에
이렇게 늘 바보 같은 안부만 되묻곤 하네요

그대가 어디서 누구와 잘 살고 있는지
그것만이라도 알 수 있다면
이 봄에 제가 숨을 좀 쉴 수 있겠습니다

찬란하여 눈부시다는 그 봄꽃 구경
그대 없이도 실컷 할 수만 있다면

그게 가능하다면
저는 정말 좋겠습니다✻

내가 시를 쓰지 않았다면*

내가 시를 쓰지 않았다면
이토록 긴 긴 겨울 밤
결국 미쳐버리지나 않았을까

이 순간 차가운 거리에 알몸으로 뛰쳐나가
고래고래 소리라도 지르고 있지 않았을까

밤새 잠 못 이루고 뒤척대다
아침에 눈을 뜨지 못하면 어떡하나
무서운 기우에 사로잡혀 있지 않았을까

내가 시를 쓸 수 없었다면
나를 향한 그대의 변함없는 사랑을
죽어서도 갚지 못할 그 고마운 사랑을
내가 어찌 무지개로 그려낼 수 있었을까

슬프도록 가냘픈 가슴 한 자락
피를 토해 녹여내고 뼈를 깎듯 아찔하게
오롯이 새겨낼 수 있었을까

그대가 나의 운명이듯 시는 나의 숙명이니

그대여 가난한 내 심장을 탓하지 말고
이재(理財)와 등진 내 촉각을 외면하지 말고
바다 같음으로 산 닮음으로 그렇게 나를 품어주오

이 세상 저물 때까지 내 상처 아물 때까지
눈물 겨운 시만을 쓸 수 있도록
그대가 하염없이 그렇게 보듬어 주오❋

바보 같은 마감*

한 해 마지막 날이라 해서
그댈 만나버리면

다시는 헤어지지 못 할끼 봐
다시는 헤어나오지 않을까 봐
겁이 나서 숨습니다
숨어서 흐느낍니다

오늘 제야의 종이 울린다 해서
그대 집으로 찾아가 버리면

잘 참아왔던 눈물이 터질까 봐
잘 달래왔던 그리움이 솟구칠까 봐
이렇게 도망칩니다
멀리서 지켜봅니다

만날 때 헤어질 운명임을 알았기에
그토록 뜨겁게 사랑했나 봅니다
미치도록 뜨거웠나 봅니다
하얗게 태워버렸나 봅니다

어쩌면 100년을 사랑할 시간을 앞당겨 써버렸기에
100년 동안 혼자라는 외로움에 사무친다 해도
그 벌 제가 받겠습니다

잠시 후 밝아 올 새해엔
세상 가운데 오직 그대만이 빛났으면
오직 그대만이 행복했으면 좋겠다는
그 기도 제가 하겠습니다

365일 그리워만 했던 밤
한 해 마지막 날에 그댈 만나버리면
다시 오늘이 첫날이 될지도 몰라
바보처럼 오지 않는 잠을 자꾸만 청해봅니다 ❋

가슴이 보내지 못한 사랑*

꽃잎도 아니었던 너의 마음
그리도 갈기갈기 찢어놓고
도시의 한 복판에서 기도를 한들
시로의 이별이 그리 은혜로울 순 없었다

너밖에 없었다 너밖에 몰랐다

그걸 깨닫기까지 수많은 벌을 받았건만
그게 벌인지도 모르고
그리움이란 질병을 앓았던 나는
이렇게 가슴이 야위어지고
모습이 가냘퍼진 다음에야
이젠 차가워진 너를 보며
뜨거운 눈물을 쏟아내고 있구나

너무나 늦게 토해내는 참회라 하더라도
바람에 실어 이 말만은 꼭 전해야겠다

너 없이
밥을 먹을 수는 있겠지만
삼킬 수는 없을 것 같고

너 없이
혼자 살아갈 수는 있겠지만
혼자 잘 살아갈 자신은 없다

널 보낸 후의 술잔에서 아프게 들리던 그 말

세상에 착한 이별이란 없고
아름다운 후회란 없다✽

세상에 완벽한 방음은 없다 *

처음 당신을 보았을 때
나도 모르게 입가에 번지던 웃음소리

두 번째 당신을 보았을 때
걷잡을 수 없이 쿵쾅거리던 내 심장 소리

당신과 이별했을 때
나 홀로 잔인한 추억을 되새기며
당신 못잊어 흐느끼던 통곡 소리

당신 앞에서
숨길 수 있는 소리란 없다

당신 앞에서 내게
완벽한 방음이란 없다

내 사랑은 늘
소리로 들킨다 *

감*

날 그렇게 흔들지 마라

그대는 마음껏 흔들어 대고
찔러대면 그만이지만

흔들려도 붙잡아 줄 이 없는 나를
떨어지면 아프기만 한 나를
벗겨내면 부끄럽기만 한 나를

그대 작은 가슴으로
받아줄 수나
품어줄 수나 있으려가*

그대에게 告하노니 *

살아있기만 하세요

행복하지 않으셔도 되고
매우 가난하셔도 됩니다

더 이상 나를 찾지 않아도 되고
뜨겁게 사랑해 주지 않아도 됩니다

날 웃게 해달란 부탁 안 할 테니
당신이 더는 울지 않기만을 바랄 뿐

인연(因緣)이 아닌데
연인(戀人)이 아닌들
이제사 그게 무슨 죽도록 아픈 일인가요

나는 버림 받았어도
기어코 버려지지 않는 당신에게
나의 영혼이 고하노니

그저 같은 우주 아래
그저 같은 하늘 아래

당신 제발
살아 있기만 하세요 *

24일 오늘만큼은 ✳

오늘만큼은 돌아와 줘
부탁입니다

오늘 그대가 곁에 없다면
하늘엔 영광 땅 위엔 평화인들
내게 무슨 의미 있을까요
무슨 소용 있을까요

피아노가 아닌 기타로도
보석이 아닌 편지만으로도
아니 내 귀에 속삭이는 흔한 거짓말로도
선물은 이미 충분한걸

다른 날들은 헤어져 있어도 상관없지만
다른 날들은 떨어져 있어도 울지 않겠지만

오늘만큼은
내 시를 접어두고 내 노랠 멈추고
촛불처럼 타오르며 그댈 기다릴 테니

그대 어서 달려와 나만의 캐롤
나만의 축복의 밤이 되어주고
거침없이 뛰놀던 그 시절 에덴 동산
나만의 이브로 다시 돌아와 줘요 ✳

눈물 ✲

당신아
나 자꾸 눈에서 물이 나와

당신에게 잔인하게 버림 받은 후
강물만 물이 아님을
바다만 물이 아님은 알았는데

내 마음 깊은 곳 이렇게나 메말라 있는데
왜 자꾸 아픈 물이 솟구치는지 모르겠어

흐른다고 말하기엔 안타깝고
댐이 무너지듯
하염없이 쏟아지고 있는 이 물은

당신에게 유리했던 기억마저
잠기게 할 만큼 하늘 가득 고여 있네요

바라기는
조금 늦는 것은 상관없지만
다시 돌아오지 못한단 그 말만은 하지 말아요

당신아
당신이 보이지 않을 만큼
나 자꾸 눈에서 물이 나오는데

멈추길 기다리지 말고
지금 당장 당신 고운 입술로
이 눈물 닦아만 닦아만 주었으면 해❋

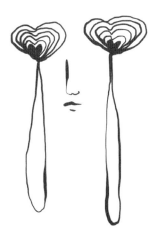

달빛의 횡포 *

은은한 달
흐르는 빛이었어요 당신은

꽉 차서 좋았고
눈부시지 않아 좋은 당신이었는데
내리라니요? 나가라니요

잊으라고 하면
그냥 잊어질까요
생각하지 말라고
생각 안 나면 저도 얼마나 좋겠어요

사랑한다 구름처럼 속삭이며
귀먹고 눈멀게 하고
머리는 하얗게
가슴은 까맣게 만드시더니
우리가 나눈 연정
제가 알던 당신 이슬 속에 사라졌나요

제 앞에서 누리려만 하는 것이
제 위에서 누르려만 하는 것이
달의 존재 이유였던가요

당신이나 잊지 마시길!

별들의 사랑으로 달을 만들고
달도 차면 기울고
달이 지면
붉은 해가 뜬다는 그 사실을 ✳

연인의 해후 *

정말 하고 싶은 말은
한 마디도 못했다더라

비수 같은 그사람 가슴에 일굴을 묻은 재
소리 없이 뜨거운 눈물만 쏟아냈다더라

저리도 슬피 울 때는
무슨 사연이 있겠다 싶어 물어봤더니

오로지 그 사람만을 처음부터 끝까지
오직 그 사람만을 처음부터 끝까지
사랑한 것이 전부라고

그냥 버텼다고 하더라
무너지고 싶었는데
보고픈 마음에 그냥 버텼다고 하더라

그리고 나선 또 눈물만 흘렸다더라
그렇게 한참을 울고 난 후에
그녀가 벚꽃처럼 던진 한마디에
아슬아슬 벼랑에 기대있던 남자가
쓰러지며 울음을 터트렸다더라

"당신 외에 다른 사람 사랑한 적 없어요."

맺히고 맺힌 말 더 나누려
햇빛으로 멀어져가는 두 사람 모습이
봄날보다 더 따뜻해 보였다더라✽

세상아 비켜라*

한 번도 뛰어본 적이 없다면
그냥 날아 봐
거침없이 막힘 없이
뛰지 말고 날아 올라라

두려울 게 없잖아
무서울 게 없잖아
주저할 거 없잖아

눈물 따윈 날려버리고
천둥처럼 크게 질러봐
세상에 쓰러지고 또 쓰러져도
일어나 크게 웃어라

높이 날자 크게 웃자
세상은 바로 너와 나 바로 우리다

한 번도 외쳐본 적이 없다면 그냥 질러 봐
가슴속 불꽃을 토해내듯 크게 질러라

두려울 게 없잖아
무서울 게 없잖아
주저할 거 없잖아

눈물 따윈 날려버리고
천둥처럼 크게 질러 봐
세상에 쓰러지고 또 쓰러져도
일어나 크게 웃어라

높이 날자 크게 웃자
세상은 바로 너와 나 바로 우리다✽

✽ 문영 트롯 그립다 음반 중, 세 번째 곡 가사

보낸 적 없는데 떠난 사람은 있다*

허공에 떠있던 시간 속
덧없는 만남 흔한 이별을 거치고
휘적휘적 그대 곁으로 돌아온 까닭이

잊는다고 잊혀진다면
그게 사랑이 아니듯
멈춘다고 멈춰진다면
그게 인연이 아니기 때문입니다

수만 번 생각했습니다
그대라는 가시를 다시 삼킬 수 있는지
그대라는 독약을 다시 마실 수 있는지

돌이킬 수 없음을 알고 다시 걸어간 길
그 길이 가시밭길임을 모르고
맨발로 달려왔겠습니까

찬바람 불던 이별의 언덕
그대를 그 자리 홀로 남겨 두고 기억만큼은
미칠 것 같은 안타까움으로 솟구치기에

그대에게 따스한 국 한번 못 먹이면
그대에게 고운 옷 한벌 못 해 입히면
찬란한 계절의 눈부심도
흐드러진 꽃들의 미소도 아무 소용없기에

그래요 내가 살기 위해
또 한번 구름 같은 그대 찾아가 봅니다 ✽

바쳐도 바쳐도 모자란 사랑아*

− 유관순 열사를 기리며 −

꽃보다 눈부실 나이에
산하의 이슬로 사라져간 임이여

해보다 찬란할 나이에
못다한 꿈으로 흩어져간 임이여

아무도 가라하지 않은 그 길을
아무나 갈 수 없는 그 길을
그렇게 아리도록 피 흘리며 떠난 까닭이

자신보다 나라를 더 사랑했기 때문이라면
청춘보다 나라를 더 아꼈기 때문이라면
그 사랑! 이제야 빛으로 魂으로 영광으로
훨훨 타오르고 있습니다

36.5도로 365일을 살아도 부족한 나날을
36년간이나 가슴 졸이며 애끓던 그 時節
당신은 어디있었는지 우린 무엇을 했었는지
100년이 흘러 이제야 눈물로 돌아봅니다

당신이 없었다면
당신마저 없었다면
이 나라 이 겨레의 환희도 없었음을 고백하며

바쳐도 바쳐도 모자란 민족의 사랑 모아
다시한번 당신의 지극한 정절을 그려봅니다

다시한번 당신의 숭고한 그 이름
목메어 하염없이..불러봅니다✽

4

내가
내려가면
당신이
솟구치는 것을

시소를 타다가*

내가 내려가면
당신이 솟구치는 것을 보다 깨달았네

나를 낮추니까
당신은 하늘처럼 높아진다는 것을

내가 멈추니까
당신은 태양처럼 빛이 난다는 것을

허나
내가 그 자리를 지키고 있지 않는다면
당신은 땅으로 추락하고 만다는 것

그것 또한 당신이 늘
잊지 않았으면 좋겠네*

비(雨) ✻

쏟아지는 비라 할지라도
날 때리지는 마라

떠나간 사랑으로 가뜩이나 아픈 가슴
너마저 살갗 속 헤집고 스며 들어서야 되겠는가

흩날리는 비라 할지라도
날 건들지는 마라

슬픔으로 가라앉은 내 어깨 툭툭 친다고
행여나 그대 돌아왔을까 달려갈 줄·알았는가

그치지 않는 비라 할지라도
날 젖게 하지는 마라

그리움에 넋 잃고 통곡하는 이에게
우산 되어준 적 없다면
더더욱 나를 향해 세찬 눈물 뿌려대지 마라

비라 할지라도 누군가를 사랑했던 내 기억
깨끗이 씻겨내지 못할 거면

비야 그렇게 하염없이 흘러 내리지 마라 ✻

남山 사랑의 자물쇠*

예쁜 자물쇠 하나 달랑 걸어놓는다고
사랑이 굳게 채워질 수만 있다면 얼마나 좋겠니

남山 꼭대기에 달려있던 너와 나 사랑의 약속은
어느덧 녹이 슨 채로 하염없이 흔들리고 있고

서로의 아름다운 구속을 풀어 줄 열쇠조차
아무도 찾지 않는 언덕 기슭 한구석에 버려져 있구나

올라가면 잠시 머물다 내려와야 하는 게 산이듯
사랑의 자물쇠 무게와 사연이
어찌 남山보다 무겁고 깊을 수야 있겠는가

철조망에 도착하기 전 우린 깨달았어야 했다

사랑은 금속 위에 적는 게 아니라 늘 마음에 새겨야 함이고
사랑은 녹슬기 전에 윤이 나도록 늘 닦아놓아야 함을

무엇보다 사랑이란!
꽉 잠가놓기보다는 늘 열어놓아야 하는 것임을
너와 난 아프게 예감했어야 했다 *

수도가 얼었다*

수도가 얼었다

한 방울의 물이 얼마나 소중했는지
밤새도록 차가운 수도관을 안타까이
품에 안으며 꺼이꺼이 깨달았다

당신 마음이 얼었다

당신이 전한 따스한 한 마디에
그 동안 내가
얼마나 큰 위로를 받았었는지
가슴이 불에 데이듯
뜨겁게 깨달았다

기다리면
수도를 녹게 하는 건 봄일 수 있겠으나
기다려선 안 되겠지

얼어붙은 당신 마음 녹게 하는 건
당신 사랑 외면했던
내 어리석음을 인정하는 것뿐이기에!*

나 그대 잊는 법을 잊었노라*

잊은 줄 알았어요
잊고 사는 줄 알았습니다

버림 받은 지
4만 8천 5백 7십 시간이 흘렀고
붉으락푸르락 하늘이 노래지도록
계절이 바뀌었으며
다른 이의 품에 안겨 산지
어느덧 아득하기 때문에

그런데

뒹구는 가랑잎 하나에도 젖은 책갈피 속에도
식어버린 에스프레소 한 잔에도
그대 스며있고 그대 배어있고 그대 녹아있음을

스쳐가는 바람에도 일렁이는 물살에도
떠도는 새들의 지저귐에도
그대 목소리인가 어느 새 돌아보고 있는 녹슨 가슴

잊고 살면 좋았을
허나 죽어서도 잊지 못할 그대라는 눈빛

이정도로 아팠으면 됐겠지 돌아보면
뼈 마디마디에 새겨져 있는 이름 하나
이쯤이면 비웠겠지 반추하면
혈관 사이사이에 차오르는 얼굴 하나

그때 철없어 전하지 못했던 그 한마디
"그대 해줘서 고마워요."

아직도 보고파 울먹이는 심장이 외치는 이 한 마디
"나 영원히 그대 잊는 법을 잊었노라!"*

가을날 고함*

이렇게 눈물만 흘리는 게 인연이라면
이젠 끊고 싶다

이토록 가슴에 피만 고이는 게 사랑이라면
이젠 잊고 싶다

하지만 여기까지 버텨온 삶이
그대 향한 내 운명이라면

이젠 맺고 싶다 *

[Please✳] (feat. 되도록)

누구나 詩를 쓸 수는 있지만,,
아무나 시를 쓰진 않았으면 좋겠어요

모두가 詩를 쓸 수는 있지만
아무렇게나 시를 쓰진 않았으면 좋겠어요

詩는

이도령이 춘향이를 만나러 달려갈때의 보고픔
흥부가 주걱으로 따귀를 맞았을때의 서글픔
길동이 아비를 아비라 부르지 못할때의 서러움
심청이 임당수에 몸을 던질때의 간절함을 아는이가

날 버리고 떠난 님인데도 그리워 미칠 것 같은 마음
김치가 익고 익어서 세상 향해 솟구치고 싶은 마음
할 이야기가 보름달처럼 차올라 넘칠 것 같은 마음

그런 마음 될때까지 기다렸다가 꾹꾹 눌러서
한땀한땀 써내려 갔으면 좋겠어요

詩가 시시해져버리면
詩가 시들해져버리면

사람들 마음 기댈 곳.. 더이상 없기 때문에✳

너를 사랑하는 일*

너를 사랑하는 일이
그냥 따스한 햇빛 쏟아지는 날
달콤 낮잠을 즐기는
편한 일상이었으면 좋겠다

너를 기다리는 일이
그냥 하얀 벚꽃 흩날리는 날
가로등 앞 서성대는
진한 그리움이었으면 좋겠다

사랑이란 게
역사 속에 감춰져 있고
신화 속에 숨어있는 특별함이 아니라

비 나리는 오후 에스프레소를 마시듯
가슴 한 컨 머물고 있는 OST를 따라 부르듯
바람 산뜻한 저녁 강변 산책을 즐기듯
그런 잔잔한 일상의 시퀀스면 좋겠다

내가 너를 사랑하는 일이
순수를 베이고 선함을 해하는 TOP NEWS가 아니라

첫 데이트에 달려가는 청춘의 붉은 볼처럼
첫눈 오는 날 덕수궁 향하는 중년의 넥타이처럼
그렇게 하루하루 수줍게 나부끼는
일상의 아름다운 반복이었으면
참 좋겠다 ✽

기다림보단 한 발 더 다가섬*

어디까지 사랑할 수 있냐고
남자가 물었을 때

언제끼지 사랑힐 수 있냐고
여자가 되물었다

그 날로 남자는 몸을 옮겨왔지만
여자가 가슴에 사랑을 품기도 전에
사랑은 끝났다

돌이켜보면
여자는 남자의 열정을 의심했고
남자는 여자의 두려움을 이해하지 못했다

그들의 이별에 후회는 없는지 혹은 정은 남았는지
아니면 남아 있는 의미는 대체 무엇인지
몇몇 사람들이 궁금해했지만

얼마 지나지 않아 아무 흔적도 없이
뜨거운 사랑의 증거는 감쪽같이 사라지고 말았다

이럴 거면 사랑은 왜 하냐고 울부짖던 사람들도
세상사 유일한 희망인 사랑이
실은 신이 내린 축복이 아니라 지난한 숙제였음을

우리가 해야 할 사랑은 기다림보다는 한 발 더 다가섬
설익은 헤어짐보다는 성숙한 포용이 우선이었음을

서로가 서로를 아프게 놓친 후에야
바다의 눈물과 함께 깨달아야 했다 ✽

커피는 Mix다 *

겨울날 오후 3시의 나른함처럼
우리 사랑에도 피로가 몰려왔을 때

펄펄 끓지는 않아도 아늑하고 은은한
너의 입김과 향기가 간절했다

사실 마주하고 있음에도
다가섬에 서투른 너와 나의 마음
브라질의 까만 커피콩처럼 타고 있었을지 모를 일

물론 처음엔 아름다운 물과 격한 불로
블랜딩한 정갈하고 신선한 사랑의 시작이었지

한잔의 커피조차 수많은 걸러짐과 익어감을
감내하는 것임을 잊은 채
사랑도 우아하게 피어오르고 흘러내릴 것이라
기대한 것이 어리석었을 뿐

오늘 우리의 전쟁을 끝낼 이것만 되새겨 보자

고상한 이름으로 불리고 담겨지는 커피만이
커피의 존재 이유가 아니듯
우리의 사랑 애초에 잔이 아니라 컵이었음을

서로 끊임없이 섞여지는 의무를 갖고
태어난 Mix 커피 같은 그런 용서의 사랑이었음을!❋

장마 단상*

한 번쯤은 씻겨내려가야 했다

계절 내내 아우성치고 몸부림치던
니와 나의 치열했넌 사랑을
이쯤에선 잠시 풀어놓아야 했다

흐르다 머무르다 넘치는 것이 삶인 것을
굽이치다 어우러지다 혼절하다
결국은 만나야 할 우리였음을
폭우에 수장된 연서 하나 기다림의 깊이만큼
온전히 건져내지 못한다면 지켜내지 못한다면
그 이름 어찌 인연이라 부를 수 있겠는가

그래 살면서
한 번쯤 차오르면 어떠리
그래 살다가
한 번만이라도 목놓아 울어보면 어떠리

젖는들 두려워 말자
차운 물살 속 너와 나 잡은 손 놓지만 않는다면
거센 역류 속 너와 나 함께 얼싸안고
거슬러 올라갈 수만 있다면

다시 밝아 온 햇살 아래
해맑아진 너의 얼굴
오래도록 뜨겁게 마주할 수 있으리✽

내가 할 수 없는 것들에 대하여*

한 해가 저무는 시점이라 해서
어찌 미워하는 사람을
더 이상 미워하면 안 되고
싫어하는 사람을
더 이상 싫어하면 안 되는가

그 사람이 내게 준 상처는
지옥의 형벌처럼
지울 수 없는 문신처럼
아직도 잔인하게 이 가슴에 새겨져
태양처럼 이글대고 있는데

이 해가 지나간다 해서
그 인연이 사라지는 것도 아닌데
그 사람이 멀어지는 것은 아닌데
도깨비도 천사도 아닌 나는
왜 늘 먼저 그 사람을 이해해야 하는가

세상은 왜 나에게만 매듭을 풀라 하고
내게만 구원의 기적과 자비를 베풀라 하는가
하늘은 신의 역할과 인간의 나약함을 구분하고
함부로 침범치 못하게 하면서
왜 해가 질 때만 용광로처럼 살라 하시는가

용서는 신의 몫!
미천하여 미처 헤아리지 못하고
녹여내지 못하는 것은 온전히 나의 몫이니

계시다면 부족한 나를 먼저 아프도록 품어주시고
차라리 그 사람은 영원히 잊으라
그렇게 명령하소서 ✽

오월의 공기 혹은 시월의 햇빛*

당신에게도 좋아하는 사람이 있었나요
들락날락 서로의 따순 심장을 호흡하며
해맑은 웃음으로만 반짝거리던
당신에게도 그런 별 같은 날들이 있었나요

주고 또 주었는데도 모자라게만 느껴지고
오래도록 꽁꽁 숨겨 놓았던 고운 마음의 땅
그 한 평까지도 아낌없이 내어주던
당신에게도 그런 해 같은 사람이 있었나요

아마 짐작도 못하셨을걸요
당신이 머물다 떠난 자리가 얼마나 크고 깊은지
이렇게 오랜 시간이 흘렀음에도
맴맴 제자리를 돌고 있는 보고픔

허나 지울 수 있다고 지워지는 사랑이라면
그건 이미 그리움이 아닌 노여움,
아름다운 추억이 아닌 배반의 기억일 테죠

누군가를 좋아하는 황홀함이란
오월의 향긋한 공기 혹은
시월의 따스한 햇빛과 닮았기에

당신을 향한 변치 않는 이 마음 때문에
내 곁으로 꼭 돌아올 것이란 이 믿음 때문에

나의 하루는 5월의 그 날처럼 10월의 어느 날처럼
그저 싱그럽고 탐스럽기만 하네요＊

그래도 사랑뿐 ✻

삶이 꽃이 될 수 있음은
신으로부터
그대라는 선물을 받았기 때문

길이 빛이 될 수 있음은
하늘로부터
우리라는 이름을 허락 받았기 때문

내가 하루하루 감사할 수 있음은
세상 모든 존재로부터
사랑을 받았기 때문

모두 토해낼 순 있어도
단 한 가지
도저히 돌려드릴 수 없는 건

그대 향한 나의
愛 타는
마음뿐 ✻

5

높게
올라 가면
뭐 하나
낮은 곳으로
돌아오는데

한밤중에 깨어나면*

한밤중에 깨어나면
더이상 잠이 오질 않는다

잘못 살아 온 소회때문인지
잘 살아가고 싶은 설레임 때문인지
멀리 가버린 잠을 잡기엔 이미 맑아졌기에

천추의 한이 내린 물한잔 마시고
소금 같은 詩를 써본다

그리움이 짙어서인지, 속상함이 엉켜서인지
한참을 노려본 백지엔
갱년기 닮은 눈물만이 차오르지만

그댈 생각하면
그대 생각 미로속에 빠지다보면
이내 야속한 아침이 찾아오고
나는 또 오늘을 견딜만한
복수의 리스트를 한아름 움켜쥔 채 길을 나선다

초대하지 않아도 밤은 또 찾아오겠지만
나 더이상 무섭지 않았으면
나 더이상 외롭지 않았으면

한번만이라도, 나 버림받은 기억 잊어버린채
그대 따스한 살결에 묻혀
그대 아득한 숨결에 취해
이 밤 영원히 잠들었으면
참 좋겠다 ✽

커피 속 얼음이 내게 말하길*

날 아프게 깨물지 말아요

깨물어 버리는 건 욕심이지만
어루만지는 게 사랑이잖아요
날 거칠게 조각내지 말아요

부서뜨리는 건 찰나이지만
지켜내는 게 사랑이잖아요

그대의 입술은 부드러웠으나
늘 인내심이 부족했고

그대의 혀는 달콤했으나
사랑을 감싸 안기엔
뜨겁지 못했죠

바라기는….

제발 나를 천천히 녹여줘요
내 사랑 그대 무딘 심장에 알알이
스며들 수 있도록

제발 나를 골고루 핥아줘요
내 사랑 그대 살결에
온전히 번져
빛처럼 흘러갈 수 있도록 ❋

봄날에 띠우는 사랑의 찬가*

선인장처럼 예민한 내 심장에
살랑살랑 봄바람 같은 설레임을 주는 건
그래도 그대 눈부신 웃음 뿐입니다

탄자니아 호수처럼 메말라 가고 있는 내 감성에
단비같은 휴식을 뿌려주는 건
그래도 그대 살가운 손길 뿐입니다

거북이 등처럼 조금씩 늙어가고 있는 내 心性에
소년같은 해맑음을 비춰주는 건
그래도 그대 눈물 섞인 손편지 뿐입니다

늘 화가 나있는 내 일정에
푸른 숲 오두막같은 쉼과 평화를 주는 건
그래도 그대 달콤한 목소리 뿐입니다

삶은 미로요, 미혹(迷惑)이라 했거늘
나 다른 사람을 만나 좋아할 생각 추호도 없기에
눈처럼 사라져 버린 어제의 맹세도
신기루 같은 내일의 약속도 이젠 싫어요

지금 내곁에서 은은하게 뿜어대는 커피 향처럼
내 가슴을 날게 하고 춤추게 하는 건
오직 그대 사랑뿐입니다

받은 것보다 준 것이 많음에도
어쩔줄 몰라 하는 예쁜 사랑
그대와만 오래도록 나누고 싶습니다✽

7월의 바다*

모두 여기 모여 있었구나

어쩜 한 번도 헤어지지 않았던 것처럼
다른 계절은 존재하지 않았던 것처럼
깜쪽 같이 여기 다 모여 있었구나

하얀 구름 머금고
세찬 비바람 다스리고
속세의 지저귐도 다 품었으니
반으로 꺾여진 시간의 달력이 아니라
하늘 향해 다시 솟구치는 7월의 바다여

그래 다 잊혀지거라
태양 앞에 녹아내거라
파도처럼 산화하거라

세상 향해 흘렸던 피눈물도
토해내고만 싶었던 억울함도
날 버리고 도망갔던 그대 비겁함도

누구라도 용서할 수 있을 것 같은 7월은
무엇이라도 용서해야 내가 살 것 같은 7월은

그래서 오랜 시간 푸른 용기 내뿜으며
그렇게 나의 도약을 모여서 기다리고 있었구나 ✽

가을 I *

가을이 별거냐
그대 그리우면 가을이지

기을이 대수냐
그대 보고프면 가을이지

가을이 무엇이더냐

그대 내 곁에 없다면
그게 언제나 가을이지 *

가을 II ✳

살조금은 찢어져도 좋으니
편지 봉투에 붙은 우표처럼

조금은 지저분해져도 좋으니
옷자락에 붙은 껌처럼

조금은 쌀쌀해도 좋으니
아스팔트 위의 젖은 가랑잎처럼

그렇게 그대 가슴 속에 종일
매달려 있고 싶은 계절

〈가을〉이다 ✳

라디오로 태어나서 *

다음에 다시 태어난다면
만약 다음 생이 있다면 저는
당신의 라디오로 태어나겠습니다

오직 당신의 눈높이에 주파수를 맞추고
당신 마음의 소리에 귀 기울여
볼륨을 조절할게요

현란함에 시선 흩날리지 않고
화려함에 눈길 뺏기지 않는
순수하고 온전한 당신과의 그 몰입

하루 종일 지직거려도
끊을 수 없는 유혹의 목소리

추억만 잉태하는 DJ가 속삭이는
달콤한 사랑의 사연 함께 들으며
아름다운 멜로디에 취해
당신 품속에서 잠들겠습니다

혹여라도 꿈 속에서조차 당신 만나면
슬픈 이별 없는 프로그램으로
당신만을 위한 찬란한 on air
아침까지 반복하겠습니다 *

인생 기차*

그대와 늘 엇갈리고 지나쳐 온 길
기다림에 사무쳐 그대 찾아 나선 길

달리다 보면 태울 때 있겠지
멈추다 보면 마주칠 때 있겠지

하염없이 달리기만 하진 않을 테니
향하기만 하면 해후할 날 있겠지

뒤돌아 가지만 않는다면
그대 꼭 만날 날 있겠지

그대 또한 기적만 울리지 말고
기적을 만나러 와줬으면

그대에겐 막차가 아닐 수 있어도
내겐 마지막 기차일 수 있으니*

군고구마 *

당신이 나를 사랑하는 마음도
이만큼 뜨거웠을까

당신이 나를 기다리는 마음도
노랗게 어지러웠을까

한참을 살아내도 설익기만 한 세상에서
주기만 하는 사랑을 이해하지 못했던
철없는 나로 인해
당신 마음 얼마나 새까맣게 타들어 갔을까

베어 물수록 나는 따뜻해지고
당신은 추워지는 아득한 사랑이여

껍질로만 밝혀지는 향기로만 증명되는
깊고도 지순한 사랑이여

날 위한 당신의 식지 않는 온기 때문일까

벗겨낼수록 가슴은 자꾸 먹먹해지고
당신은 자꾸만 그리워지는

기나긴
겨울 밤이다 *

안경의 진실 *

사람들은 모른다

내가 안경을 쓰는 이유는
세상을 잘 보기 위해서가 아니라

똑바로 보기에는 무서운 세상
한 번쯤 걸러서 보기 위해서다

내가 안경을 쓰는 이유는
침침해진 시력만큼 혼탁한 세상

아침마다 공들여 닦은 안경처럼
반짝거리는 세상과 만나고 싶어서다

멀어진 앞을 향해
흐려진 희망을 찾기 위해

난 오늘도 기꺼이
안경의 무게를 감내한다 *

먹(墨) *

너를 향해 칼을 갈 수도 있지만
난 먹을 갈아보마

세상을 향한 분노로 흐트러진 마음
꾹꾹 여며 다스리고
까치가 날아오를 때 흘린 듯한
땀 모아 천천히 먹을 갈다 보면
이 질긴 미움도 까맣게 잊혀지지 않겠는가

너를 향해 이를 갈 수도 있지만
난 먹을 갈아보마

세상을 열심히 살아냈음에도 버림받은 마음
다시금 어르고 달래고
젊음들이 도약하다 흘린 듯한
눈물 모아 천천히 먹을 갈다 보면
오늘을 사는 또 다른 의미가 빛처럼 번져가지 않겠는가

발자국을 남기려 하기 전에
이름을 날리려 하기 전에
가장 먼저 묵묵히 했어야 할 그 일

그래, 세상을 향한 원망이 닳아질 때까지
그 노여움 얇아질 때까지

해진 가슴 먹먹하도록
내 천천히 밤새 먹을 갈아보리라✽

굽이굽이 길목마다 그대 있어*

그대 없었다면
내가 어찌 이 길을 걸어왔을까

평생 기어서만 가야 할 길
세상 앞 무릎 꿇고서만 갈 수 있던 길

이쯤이면 다 왔겠지 이젠 쉴 수 있겠지
아무리 돌아보아도 늘 그 자리였을 때
하나뿐인 목숨줄 놓고 싶었을 그때

차마 그 이름 부르지 못했음에도
앙상한 이 손길 뿌리치지 못하여
바람처럼 달려와 준 그대

오직 날아서만 정상 오르려던 내게
그대 사랑이 내가 가야 할 길 일러주고
그대 눈물이 나의 허기를 메워주고
그대 기도로 나는 일어설 수 있었네

고맙단 인사조차 하늘 가득 전하기 어려워
다시 잡은 그대 두손 꼭 잡고 울고만 있을 때

그대 그림자 되어 따라 걷는 이 길이
무지개보다 찬란한 길이었음을

걸음걸음마다 행복한 꽃길이었음을
난 천둥처럼 알아버렸네 ✽

이가 빠진 자리*

이를 악물고 한해를 살아냈더니
사랑니가 나갔다

어차피 사랑과는 이별했기에
상관 않기로 했지만
이가 빠진 자리에
눈물이 고일 줄은 몰랐다

칼을 갈며 살아 야 할 인생이
이를 갈며 버텼다는게 억울해서

친구와 밤새 마신 술이
소독약 되어 폐부를 찌른다

술잔속에 하얀 달로 뜬 친구에게 말했다

우리 이제 무릎도 나가고
머리카락도 빠지고
몸도 야위어 갈지 모르겠지만

떠나간 자리마다
어떻게든 희망으로 채우고
情으로 새기고 꿈으로 메꾸자꾸나

아직은 오래도록 쓸만한
열정이 살아있고 남아있으니

이가 아닌 입술이라도 깨물고
그 먼길 함께 걸어가자꾸나✽

또 다른 드라마*

사랑한단 말 들어본 적
언제였던가

그것도 목터져라
애원하며 매달리던 사람
만나본 적 언제였던가

사랑의 역사는 늘 추억의 클라이맥스

그래도 나는 그댈 목숨처럼
사랑한 기억 있기에
아무리 돌아봐도 후회는 없다

이제 그대라는 16부작 슬픈 드라마
내가 끝낸다
다시 해는 뜨고 꽃은 피고 바람이 나부끼듯
말라버렸던 눈물샘에 피가 돌고
온기가 스민다

어딘가 온전히 성숙하게 흐르고 있을
또 다른 그대 향해
아직도 따스한 내 심장이 외친다

내 사랑..여기 오늘 이 순간

레디 액션!✽

그녀는 나빴다 *

나를 으스러지도록 사랑한 것도
슬며시 놓아 준 것도 아닌
그녀는 나빴다

뜨겁게 다가서면 사라지고
잊겠다 싶음 어깨만 툭 치고 돌아서는
그녀는 미웠다

부서짐도 무너짐도 녹아내림도 없이
한번도 안아보지 못할 달로 남아
기어코 품어보지 못할 꽃으로 남아
평생을 내 곁에 맴맴 돌았지만

한치앞도 볼 수 없는 외로움에 절망하고
잠들 수 없는 그리움에 넋놓고 절규하곤 했지만

그래도
그녀는 아름다웠다

분하고 억울하고 바보같지만

아직도 그녀만을
사랑하는 나는
홀로 아프다 *

순수한 감성으로
희망을 노래하는
로맨티스트 시인

이인환

순수한 감성으로 희망을 노래하는 로맨티스트 시인

이인환

1. ✻이 빛나는 감성을 퍼트리는 카피라이터 시인

시인이 왔다. 일 년 전에 '카피라이터가 써내려간 에세詩' 『나 그대 잊는 법을 잊었노라』로 열성 팬들의 심금을 울렸던 여운을 몰아 우리 곁으로 왔다. 깔끔한 외모에 묘한 매력을 풍기는 보이스로 신비감을 주는 문영 시인이 우리 곁으로 더 가까이 다가왔다.

문영 시인은 카피라이터를 직업으로 삼고 있다. 카피라이터의 생명력은 톡톡 튀는 창의력이다. 창의력은 세상을 남들과 다르게 해석하는 노력이 필요로 한다. 같은 사물이라도 남들이 보지 못한 것을 찾아 독창적인 표현을 함으로써 많은 이들의 감성을 자극해서 '아, 그렇구나!'라는 공감을 불러일으킬 수 있어야 한다.

시를 쓰는 날은 ✻

숙명이기에

어둠은 벗겨 내고
슬픔은 승화되어

푸른 달빛 머금은 채
밝은 태양 기다리며

난 오늘도 아름다운
시인의 길 떠나본다 ✸

　문영 시인은 카피라이터 시인으로서 자신만의 색깔을 갖
춘 시를 쓰기 위해 끊임없이 고민하고 실천한다. 모든 시의
제목과 마지막에　✸을 찍는 것도 그런 노력 중에 하나다.
시의 이미지 효과를 살리면서 모든 시는 ✸처럼 빛이 나야
한다는 카피라이터의 번뜩이는 창의력을 시에 접목한 것
이다.

나의 지순한 심장을 관통한 당신은
내가 벽처럼 단단히 사랑한 당신은

절대 〈못〉난 사람이면 안 되기에!
절대 〈못〉난 사람일 수 없기에!
 ― '못' 중에서

화려하게 솟구치면 뭐하나
사방팔방 흩어지는데

높게 올라가면 뭐하나
낮은 곳으로 돌아오는데
 ― '분수를 알다' 전문

문영 시인은 주변의 사소한 것이라도 평범하게 보지 않는다. '못'을 '〈못〉난 사람'을 연결시켜 언어유희가 갖는 시적 기교의 멋을 잘 살리고 있다. 분수(噴水)와 분수(分數)를 접목시키는 기발난 발상은 또 어떠한가?

시가 사람의 감성을 울리는 이유는 기발난 발상과 언어유희를 통한 미적 기능을 발휘하고 있기 때문이다. 시인의 시에는 카피라이터의 기발난 발상과 언어를 갖고 노는 시인의 풍부한 언어유희가 시속에 그대로 녹아 있다. 시인의 시가 독자의 감성을 울리는 것은 다 그만한 이유가 있다.

정한수 한 잔 떠먹이는 마음으로
나 시 한 수 짓는다면
그대 미소 되찾으려나

사막을 걷는 삶을 사는 그대
오아시스를 만나게 하는 맘으로
나 시 한 편 바친다면
그대 깊은 잠 주무시려나

헛된 내일을 살지 말고
알찬 오늘을 살아내자 담아낸
나의 시 한 수로

잠시라도
그대 세상사 시름
씻어낼 수 있으려나
 – '시한수 정한수' 전문

문영 시인은 광고 카피라이터라는 직업을 오래 수행하면서 단련된 감각으로, 사람과 사물을 들여다보는 독특하면 신선한 관점을 시에 잘 녹여내고 있다. 기존 시집에서 쉽게 볼 수 없는 참신함과 포근함이 공존하고 있으며, 시를 접할 때 "아!"라는 감탄사가 절로 터져나오게 하는 기발난 발상이 돋보인다. 사물의 핵심을 잘 짚고 있어 명쾌하면서도 깊이가 있는 여운에 빠지게 한다.

2. 아픈 사랑으로 감성을 정화해주는 소통과 힐링의 시인

세상에 아프지 않은 사람은 없다. 남이 보기에는 세상 부러울 게 없는 삶을 사는 것처럼 보이는 이들도 알고 보면 자기만의 큰 아픔을 안고 있다. 세상에는 오직 아픔을 잘 표현하는 사람과 표현하지 못하는 사람이 있을 뿐이다.

'소통과 힐링의 시'에서 중요하게 여기는 것은 아픔의 표현이다. 아픔을 잘 표현하면 비슷한 아픔을 가진 이들끼리 소통하고 공감하며 행복한 삶을 영위할 수 있지만, 아픔을 표현하지 못하고 가슴에만 품고 있으면 그것이 응어리가 되고 트라우마가 되어 소통의 장애를 일으켜 행복한 삶과 먼 길로 갈 수 있다. 소통이 행복의 원천이다. 따라서 우리는 소통을 잘 하기 위해 작은 아픔이라도 잘 표현해서 얼른 풀어내야 한다.

어떻게 해요 나 아파요

매서운 바람 앞에 방치된 탓인지
차가운 당신 심장 위를 헤맨 탓인지

당신에게 버려진 날도
이토록 아프진 않았는데
살갗이 타는 듯한 불길 속에 천정만 보고 있네요
　– '나 아파요' 중에서

　문영 시인은 누구보다 아픔을 있는 그대로 잘 표현한다.
표현에 서툰 이들이 아픔을 잘 표현한 시를 많이 접하다 보
면 대리치유 효과를 얻을 수 있고, 그러는 과정에서 가슴
속 응어리를 푸는 경험을 할 수 있다. 시를 통한 소통과 힐
링의 소중한 경험을 하게 되는 것이다.
　문영 시인은 한 편의 시가 이처럼 우리 삶에 끼치는 긍정
적인 영향을 잘 알고 있기에 혼자서만 품고 있으면 자칫 더
큰 상처가 될 수 있는 아픔을 표현한 시를 쓰면서 독자들과
끊임없는 소통을 시도하고 있다.

더 이상 가둬둘 수 없어요
더 이상 참아낼 수 없어요

그리움이 목까지 차올라
보고픔이 차고도 넘쳐

벅찬 내 마음
빗장 열어 조금씩
당신 마음가로 흘려보냅니다

– '사랑댐' 중에서

그대 귓가에
얼마나 더 바스락 거려야
내 마음 알아줄까요

그대 눈가에
얼마나 더 찬란하게 피어나야
내 사랑 받아줄까요
　– '종이꽃' 중에서

　문영 시인은 소통강사로 강의 현장에서 표현의 중요성을
강조하고 있다. 사랑하는 이에겐 사랑을 잘 표현해서 사랑
을 얻게 하는 비법을 전수하고, 아픔을 품은 이에겐 아픔을
표현해서 아픔에서 벗어나는 방법을 알려주기 위해 시인이
먼저 진솔한 감정의 표현을 실천으로 행하고 있다.

제게도
아버지가 있었네요

그동안 엄마 이야기만 했었는데
엄마 이야기로만 시를 채웠었는데
제게도 아버지가 있었답니다

얼굴도 향기도 추억도 제게 그 무엇 하나
남기지 않고 떠나신 밉고 미운 분이었지만
그분도 나를 좋아했겠지요

사랑했다 들었습니다

당신도 아프다 돌아가셨다지요
오래 사셨다면 훌쩍 커버린 나와
쇠주 한잔 하고 싶으셨을 텐데
어느덧 아이 아빠가 되버린 나와
밤새워 이야기꽃 피우고 싶으셨을 텐데
  – '아버지가 있었더라구요' 중에서

  문영 시인은 아버지를 일찍 여읜 아픔을 안고 있다. 시인의 고백을 듣지 않고는 알 수 없는 아픔이다. 항상 단아한 이미지와 고결한 품위를 간직한 외모에서는 느낄 수 없는 아픔이다. 아빠 없는 아이라면 색안경을 끼고 보던 시대를 살아야 했던 시인이 어린 시절에 아버지의 부재로 가슴에 품어야 했던 아픔이 얼마나 컸을지 짐작할 수 있다. 요즘 들어 한부모 가족이 늘어나면서 아버지나 어머니의 부재를 아픔으로 안고 있는 이들에게 아픔을 품고 있으면 더 큰 상처가 되지만, 이렇게 표현해서 훌훌 풀어내면 그것만으로도 치유가 되고 힐링이 되어 세상을 살아가는 큰 힘을 얻을 수 있다는 것을 실천으로 보여주고 있다.

예쁜 딸아
나 어떻게든 늙지 않는 아빠가 될게

흐르는 세월 막을 순 없지만
늘어나는 흰머리는 세련된 모자로

흐려지는 시력은 센스있는 선글라스로
늘 가꾸고 다듬어

함께 거리를 누벼도 부끄럽지 않은
멋쟁이 아빠로 남고 싶구나

고운 딸아
나 어떻게든 늙지 않겠다고 약속할게
 – '늙지 않는 아빠' 중에서

　아버지의 부재로 입어야 했던 시인의 상처는 딸에 대한
소박한 고백으로 이어진다. 그런데 이것이 어찌 시인만의
이야기겠는가? 동시대를 살면서 자식을 키우는 아버지라
면 누구나 공감할 수 있는 이야기다. 누구나 다 가슴에 품
고는 있지만 표현에 서툴러서 사랑하는 자식에게 본마음을
표현할 줄 모르는 동시대의 아버지를 대표해서 시인이 먼
저 표현함으로써 소통과 힐링의 길잡이 역할을 하고 있다.

엄마 당신이 계신 그곳
그곳에도 눈이 오나요

당신이 평생 흘린 눈물만큼이나
눈이 펑펑 내린 오늘
당신 없는 생일상 앞에서
미역국을 끓였습니다

당신이 온 힘을 다해 낳은 아들은

넋이 다 빠진 듯
질긴 보고픔의 되새김질만 해댈 뿐
통곡조차 흐느낌으로 호흡하는
변방의 어린 소년으로 돌아가 버렸네요
　– '그 곳에도 눈이 오나요' 중에서

　이제는 중년이 되어 홀로 자식을 키우며 온갖 고생을 했을 어머니께 효도를 하고 싶지만, 야속한 세월에 어머니마저 멀리 떠나 보낸 시인의 절절한 사모곡도 마찬가지다. 시인과 동시대를 살아온 사람들은 거의 다 시인의 어머니 같은 어머니를 두고 있다. 질곡의 역사를 민초로 장식하면서 온갖 고생을 다해 자식을 키웠지만, 그렇게 자란 자식들에게 효도를 받을 만하니까 세월의 무게를 이기지 못해 먼 길을 떠난 어머니들이 어디 한둘이던가? 이는 시인과 동시대를 살아온, 지금은 중년이 된 모든 이들이 풀어내야 할 한이자 응어리다. 시인은 그것을 잘 알기에 누구보다 먼저 어머니에 대한 사랑과 회한을 절절하게 풀어냄으로써 독자들이 함께 할 수 있는 소통과 힐링의 자리를 펼쳐주고 있는 것이다.

3. 아름다운 사랑에 대한 애절한 읍소를 펼치는 시인

　문영 시인의 시는 '소통과 힐링의 시'의 핵심 요소를 잘 갖추고 있다.
　첫째, 일반인도 쉽게 이해할 수 있는 시어로 쓰였다. 시인들끼리만 통하는 그런 시어 말고, 일반인도 쉽게 접하고 이해할 수 있는 그런 시어로 쓰여야 하는데, 시인의 시는 누구나 쉽게 받아들일 수 있는 시어로 이뤄져 있어서 정말 좋다.

둘째, 누구나 공감할 수 있는 진솔함이 담겨 있다. 시에서 진솔한 표현은 누구나 강조하는 것이지만, '소통과 힐링의 시'에서 강조하는 진솔함은 어리석음과 차이가 있다. 진솔함은 어리석음과 동전의 양면을 이루고 있다. 본인은 진솔한 표현이라고 하는데, 그것이 자칫 자신의 치부를 드러내는 어리석은 결과를 불러올 수 있다. '소통과 힐링의 시'에서 가장 경계하는 것이 바로 이 부분이다. 시인이 애써 표현한 시를 보고 진솔함을 자기 일처럼 받아들이는 이들을 만나면 힐링의 자리를 마련할 수 있지만, 시에 담긴 진솔함보다 스토리만 받아들이는 이들을 만나면 그것으로 인해 자칫 더 큰 상처를 초래할 수 있기 때문이다.

나 없이도 잘 먹고 잘 자는지
정말 그 점이 궁금했습니다

아니 그게 가능한지
묻고 싶었습니다

인연이 아니라면
이연(異然)이라도 있을 텐데
어느 곳에서 그대 소식을 물어야 하는지
어린 아지랑이마냥 그것조차 모르겠습니다
　– '가능한 일인지 물어봅니다' 중에서

날 그렇게 흔들지 마라

그대는 마음껏 흔들어 대고
찔러대면 그만이지만

흔들려도 붙잡아 줄 이 없는 나를
떨어지면 아프기만 한 나를
벗겨내면 부끄럽기만 한 나를

그대 작은 가슴으로
받아줄 수나
품어줄 수나 있으련가
  – '감' 전문

　문영 시인의 시는 동전의 양면과 같은 진솔함과 어리석음의 아슬아슬한 경계에서 독자를 빠져들게 하는 묘한 매력이 있다. 진솔한 표현에 초점을 두면 감성을 울리는 '진솔한 사랑 이야기'에 빠져들게 하지만, 스토리에 초점을 두면 '참 아픈 사랑에 빠진 불쌍한 시인'이라는 연민에 빠져들게도 한다.

　이런 점은 문영 시인도 잘 알고 있다. 독자들이 자신의 진솔한 표현을 동전의 양면처럼 받아들인다는 것을 잘 알고 있다. 실제로 많은 독자들이 시인을 만나면 먼저 이렇게 묻는다고 한다.

"이거 진짜 시인의 이야기예요?"

　시인이 이 말을 먼저 전해주지 않았으면 나 역시 똑같이 물을 뻔했다. 시인은 이런 반응을 당연한 것으로 받아들인다며 먼저 속내를 털어놓았다.

"그럴 때마다 그냥 웃어줍니다. 제 이야기일 수도 있고,

아닐 수도 있잖아요. 저는 오로지 순수하고 아름다운 사랑을 노래해서 시대의 감성을 일깨워주고 싶을 뿐이랍니다."

시인의 고백을 접하면 시인의 거의 모든 시들이 가슴 절절한 연민을 불러일으키는 이유를 알 수 있다. 그것은 바로 시인이 의도한 것이다. 시인은 감성이 척박해진 시대의 감성을 자극하기 위해 일부러 순수하고 아름다운 사랑을 소재로 선택해서 감성을 불러일으키는 역할을 자처한 것이다. 설사 그것이 자신을 '아픈 사랑에 빠진 불쌍한 시인'이라는 낙인을 찍게 하더라도 담담히 감수할 용기를 발휘한 것이다.

살아있기만 하세요

행복하지 않으셔도 되고
매우 가난하셔도 됩니다

더 이상 나를 찾지 않아도 되고
뜨겁게 사랑해 주지 않아도 됩니다

날 웃게 해달란 부탁 안 할 테니
당신이 더는 울지 않기만을 바랄 뿐
 – '그대에게 고하노니' 중에서

사랑은 상대에게 모든 것을 아낌없이 마음이다. 사랑하는 것이 사랑을 받는 것보다 행복한 이유가 여기에 있다. 문영 시인은 오롯이 '순수한 사랑'을 노래하는 감성시인이다. 사랑하는 이에게라면 모든 것을 아낌없이 주는 순수한 사랑,

그 '아름다운 사랑에 대한 애절한 읍소'를 시인만의 특별한 스타일과 색깔을 독자들에게 전파하고 있다.

그냥 버텼다고 하더라
무너지고 싶었는데
보고픈 마음에 그냥 버텼다고 하더라

그리고 나선 또 눈물만 흘렸다더라
그렇게 한참을 울고 난 후에
그녀가 벚꽃처럼 던진 한마디에
아슬아슬 벼랑에 기대있던 남자가
쓰러지며 울음을 터트렸다더라

"당신 외에 다른 사람 사랑한 적 없어요."

맺히고 맺힌 말 더 나누려
햇빛으로 멀어져가는 두 사람 모습이
봄날보다 더 따뜻해 보였다더라
　－ '연인의 해후' 중에서

　이것은 단순히 연인의 이야기만이 아니다. 시인이 바라는 시대의 모습이기도 하다. 순수하고 아름다운 사람을 이루려면 무엇보다 원활한 소통이 이뤄져야 한다. 그러려면 먼저 '맺히고 맺힌 말 더 나누려/ 햇빛으로 멀어져 가는 두 사람 모습이/ 봄날보다 더 따뜻해 보였다더라'는 시인의 관점에 집중할 필요가 있다.

　사랑을 이루려면 소통을 잘 해야 하고, 소통을 잘 하려면 먼저 표현할 수 있어야 한다. '맺히고 맺힌 말' 수시로 풀어내며 사랑을 확인해 나가야 한다. 시인이 자칫 '아픈 사랑에 빠진 불쌍한 시인'이라는 낙인효과를 감수하면서도 '순수하고 아름다운 사랑을 진솔하게 표현하는 이유'가 여기에 있다. 시인의 이런 진정성을 알고 시를 접한다면 그 울림은 더욱 진하게 다가온다.

파도가 치려면
이슬이 모여 풀잎에 맺혀 곱이 되야 하고
강물이 되어 바다로 흘러 겁이 되야 하듯

너와 난 태초에 은하수처럼 흩어졌다
해후한 시리우스 같은 별이었는지도 모를 일

제발 만나야 할 사람은 만나기로 하고
부디 잊혀져야 할 사람은 잊기로 하자

첫눈에 반한 사랑만이 사랑이라 믿기엔
너는 늘 외로워 했고
나는 늘 그리워 했고
우린 늘 기다리기만 했으니
  – '외로움과 그리움은 만나야 한다' 중에서

4. 순수한 감성으로 희망을 노래하는 로맨티스트 시인

사람이 수많은 고통을 겪으면서도 이겨낼 수 있는 힘은 그 고통이 나만의 것이 아니라 세상을 사는 이라면 누구나 겪는 고통이라는 것을 이해하고 담담하게 받아 들이는데 있다. 세상의 그 누구도 자신이 겪는 고통이 오로지 자신만의 고통이라고 생각한다면 이겨내기 힘들 수밖에 없다. 우리가 주위 사람들에게 관심을 갖고, 그들의 이야기에 귀를 기울이며 소통해야 하는 이유가 여기에 있다. 이것은 '소통과 힐링의 시'가 존재하는 이유이기도 하다.

너도
나처럼 말랐구나

솔직히

너나 나나 이토록 휘청대고 싶었겠는가
이만큼 비틀거리고 싶었겠는가

세상은 자꾸 물결치는데
시련은 계속 파도치는데

슬픔은 자꾸 토해내야 하는데
아픔은 살로 가지 않는데
하늘하늘 우리 몸매 앙상할 수밖에는

그럼에도

우리 흩날리진 말자
꺾여 무릎 꿇진 말자
 – '코스모스' 중에서

　문영 시인은 이런 사실을 잘 알고 있기에 주변의 모든 것
에 애정을 갖고 접근한다. 코스모스의 모습에서도 희망을
찾고, 외로움과 그리움이 만나야 하는 이유에서도 궁극적
으로 찾고자 하는 것은 희망이다.

너를 사랑하는 일이
그냥 따스한 햇빛 쏟아지는 날
달콤 낮잠을 즐기는
편한 일상이었으면 좋겠다

너를 기다리는 일이
그냥 하얀 벚꽃 흩날리는 날
가로등 앞 서성대는
진한 그리움이었으면 좋겠다
 – '너를 사랑하는 일' 중에서

　아무리 독한 외로움과 진한 그리움도 희망의 원천이다.
아무리 가슴 저미는 아픔이라도 다 희망으로 가는 과정이
다. 희망이 있기에 우리는 독한 외로움과 그리움에 아파도
하고, 울기도 하며, 서로의 감성을 울리는 소통을 시도하는
것이다. 문영 시인은 그것을 잘 알기에 지금도 끊임없이 순
수한 감성으로 희망을 노래하는 우리 시대의 외로운 로맨
티스트 시인의 길을 걷고 있다.

그래 살면서
한 번쯤 차오르면 어떠리
그래 살다가
한 번만이라도 목놓아 울어보면 어떠리

젖는들 두려워 말자
차운 물살 속 너와 나 집은 손 놓지만 않는다면
거센 역류 속 너와 나 함께 얼싸안고
거슬러 올라갈 수만 있다면

다시 밝아 온 햇살 아래
해맑아진 너의 얼굴
오래도록 뜨겁게 마주할 수 있으리
  ― '장마 단상' 중에서

　외로움과 그리움의 끝은 희망이다. 문영 시인은 누구보다
도 그것을 잘 알기에 '한 번만이라도 목놓아 울어보고', '다
시 밝아 온 햇살 아래/ 해맑아진 너의 얼굴'을 마주할 것이
라는 희망을 노래하고 있다. 문영 시인은 희망의 꽃은 사랑
이라는 것을 잘 알고 있다. 순수한 감성으로 아름다운 사랑
을 퍼트리는 카피라이터 시인으로, 시대를 밝히는 '소통과
힐링의 시인'으로서 진솔한 표현을 바탕으로 삶을 꽃으로
피우기 위한 사랑을 놓치지 않고 있다.

삶이 꽃이 될 수 있음은
신으로부터
그대라는 선물을 받았기 때문

길이 빛이 될 수 있음은
하늘로부터
우리라는 이름을 허락 받았기 때문

내가 하루하루 감사할 수 있음은
세상 모든 존재로부터
사랑을 받았기 때문
　– '그래도 사랑뿐' 중에서

' 세 번째 시집을 시집 보내면서 '

다양한 심장 속에
하필 시인의 심장을 갖고 태어난 저는
몇 번이고 시를 버리려 몸부림쳤었습니다

강의로 광고로 노래로
세상사 화려한 스포트라이트에 익숙해져 있는 제게 시란
그저 캄캄하고 쓸쓸하고 아프기만 했으니까

그러다 깨달았습니다
저의 시 한 수로 누군가는 어떤 사람들은
숨이 트이고 위로가 되고 평화가 된다는 사실을

어차피 심장을 뗄 수 없다면 고이고이 간직하여
그 온기와 향기를 나누었으면 하는 마음으로 살아가겠습니다

살아 펄떡이는 심장이 쓴 시 몇 편
가을 사랑 듬뿍 담아 여러분께 바칩니다

2019년 10월 어느 멋진 날에
카피라이터 시인 〈문영〉

MEMO

괴로움과
기쁨으로
만나야
한다